P'TITE MÈRE

À Olivia

ISBN : 2-912084-63-6
Maquette : BHT + K.O.
Direction éditoriale : Alain Serres

P'tite mère

DOMINIQUE SAMPIERO

Images de Monike Czarnecki

RUE DU MONDE

Lætitia a froid. C'est tombé comme une neige dans son cœur, un matin d'octobre. Une petite pluie fine.
Pas froid comme : « Mets un pull ! Bouge, allez, remue-toi, fais quelque chose ! » Non.

Froid comme la surface gelée d'un étang et tu patines dessus.
Froid comme la bouteille qui sort du frigo et tu la poses très vite sinon tout va lâcher.
Froid comme les deux mains dans la neige, tu pousses une grosse boule pour le ventre du bonhomme, c'est tout rouge, presque bleu, ça fait trop mal, tu souffles sur tes doigts, tu les caches sous tes bras.

Sa peau, ses os, son sourire : tout est figé. Pris dans la glace !

Il fait bon à l'école pourtant.
La classe est claire avec deux grands radiateurs tout blancs. Un rayon joue par la fenêtre et dehors, sur les briques, les tuiles, la pluie est en grève.

Cela veut dire que ce froid est aussi un peu imaginaire.

Imaginaire, tu comprends ?
Imaginaire.
C'est comme la peur du noir, des araignées, du loup caché sous le lit, du Père Noël coincé dans la cheminée.
Imaginaire, c'est quand tu vois vraiment des choses auxquelles les autres ne croient pas. Et qu'ils se moquent.
Imaginaire, c'est du vent, une porte qui claque et tu penses aux fantômes.

Bien sûr, Lætitia le sent dans son corps, dans son cœur, le froid. Mais elle pourrait mettre cinq pull-overs et se serrer au coin du feu, ça ne changerait rien !

« Justement du feu : maman en a allumé hier.
Avec du bois, du papier, dans un seau en fer !
C'était drôle dans la maison, les flammes, la fumée par la fenêtre. Et Kevin le petit frère qui riait, qui toussait, qui riait, qui toussait !

Elle fait tout à l'envers, maman. Le soir, elle n'allume plus la lumière : juste une lampe de poche.
Et la lessive : jamais dans la machine à laver. Un peu d'eau froide, le bouchon de l'évier, et hop ! du savon, elle frotte, elle frotte.

Je l'aide un peu, avec mes petites mains.
Kevin voudrait bien, mais pas question, il met de l'eau partout.
Quand les doigts sont trop rouges, maman dit, merci, on a bien travaillé, faut pas user la peau, déjà que t'es pas grosse !

La nuit, aussi, on fait tout à l'envers. Normalement, quand on est grand, on ne dort pas avec sa maman. Nous on a le droit. C'est à cause d'une vitre cassée. Avec les étoiles, il fait plus froid. Pyjama en dessous ; pull-over, pantalon, moufles et bonnet par-dessus. On dort à trois, moi au bord, Kevin au milieu — pour pas qu'il tombe parce qu'il rêve et gigote beaucoup — bien serrés, on a chaud. Maman chante et nous parle avant de s'endormir. C'est mieux que des histoires.

J'ai peur dans le noir. Je ne le dis pas. Quand je me lève, je connais le chemin par cœur. Le lit, la porte, l'évier. Un petit éclat de lune à travers la pièce. Les souris, c'est pas grave. Il m'en faut plus pour me faire peur. La plus petite est maligne : je l'appelle Nénette.

Je bois un verre d'eau, les pieds gelés, et retourne me coucher. On dirait qu'il y a quelqu'un derrière moi. Je ferme les yeux, ça va passer.

Aujourd'hui, je suis fatiguée, je vais vite m'endormir : j'ai nagé à la piscine. C'est bruyant, ça pique aux yeux, mais on rigole. La maîtresse, en me déshabillant, m'a demandé pourquoi mes habits sentaient le feu. Et pourquoi j'avais gardé ma doudoune sous mon survêtement.

Je n'ai pas su dire. J'ai baissé les yeux.
La maîtresse ne m'a pas grondée.

On dirait qu'elle pleurait sans larmes.

J'aime bien m'occuper de Kevin. Conduire la poussette, l'habiller. Ou lui donner à manger.
Je fais tout comme maman. Sauf quand il n'est pas sage. Maman le dispute avec ses grands yeux et sa grosse voix. Moi ça ne marche pas. À la place, je lui fais des chatouilles.

Depuis six mois, papa cherche du travail. Même si je ne le vois plus beaucoup, je préfère : à la maison, il pleure lui aussi. Il reste assis dans un coin. Je n'ose rien dire. Même quand maman revient.

On n’allume plus la lumière, ça ne sert à rien. Les boutons ne marchent plus et font un clic clac triste, sans résultat. La télé, c’est pareil. Pour les informations, on écoute le radio-réveil avec des piles. Et puis après de la belle musique pour s’endormir. Je rêve que maman est chanteuse avec des robes. Kevin applaudit.

Parfois j'invente des chansons que je ne chante à personne. Kevin est un prince, maman, une reine. Papa roule en carrosse en lançant des pièces d'or. À minuit, toutes les bougies s'éteignent.

Hier, j'ai entendu quelque chose d'intéressant : maman voudrait que je mange à la cantine. Parce que je suis grande maintenant.
Elle est allée à la mairie pour acheter des tickets. Puis elle est revenue en disant : faudra attendre encore un peu.

C’est pas grave, j’ai une belle écharpe rouge et des gants de la même couleur. Et beaucoup de copines à l’école. À la récré, elles crient et elles courent trop vite. Moi, je préfère raconter des histoires dans ma tête ou au grand arbre au milieu de la cour. C’est un tilleul. C’est pour ça qu’il est sage. J’aime beaucoup l’école. La maîtresse est gentille et je travaille bien.

Il y en a une, je ne dirai même pas son nom, elle m'a craché une méchanceté : que j'avais des poux et des yeux sales ! Ça ne me plaît pas, je vais vérifier.
Pour les cheveux, pas de problème ! Mais quand je regarde ma figure dans une glace, je ne comprends pas. Il y a du noir sous mes yeux et ma bouche ne sourit pas. Jamais.

Autre chose : j'ai souvent mal au ventre. Les tartines, c'est bon, ça remplit bien, et puis après, plus rien, ça laisse un grand vide.
À dix heures, il y a du lait et un biscuit au chocolat. La maîtresse m'en donne toujours un deuxième. C'est parce que je travaille bien, je crois.

J'aime beaucoup la maîtresse. Elle est douce. Elle sent bon. Elle connaît plein de chansons avec des gestes. Et sans regarder le livre. Quand elle crie, c'est à cause des petits monstres. Elle parle souvent avec ma mère. Aujourd'hui elle lui a donné un papier avec un mot que je ne comprends pas : *gratuité* des repas.

Cette fois, c'est sûr, l'hiver est là. Les jours sont petits. Il fait noir en rentrant de l'école. Quand je parle, je souffle de la fumée. Dans les rues, personne ! Sauf les chats qui n'ont jamais froid. Leurs yeux brillent comme les fenêtres des maisons. Maman nous prend tous les deux dans son lit et chante quelque chose.

Tant pis, dit-elle, c'est pas raisonnable, mais le matin, c'est mignon, on est comme trois bébés.

Elle s'endort plus vite que d'habitude. Plus vite que moi.
Elle dit qu'un jour, tous les trois, on se réveillera plus. C'est impossible, je me lève toujours la première.

J'allume le gaz et je fais chauffer l'eau pour le café. Pas de la chirloute : mais bien noir et fort ! En craquant l'allumette et en versant l'eau dans la petite casserole, je suis sérieuse comme une grande personne. Maman rit. Elle m'appelle p'tite mère.

Même le charcutier le dit, en me coupant une rondelle de saucisson : tu fais plus grande que ton âge ! Hum, c'est bon ! Puis je m'enfuis, en criant : maman passera vous payer demain !

Ça y est, je vais à la cantine. C'est la première fois. Dans la grande assiette : une sardine. Elle est couchée sur le côté avec un œil de citron, sans sourire, elle aussi : elle dort ? Une dame — j'ai pas bien entendu son nom — me montre comment faire avec le pain, le beurre, le couteau. C'est délicieux. Ça glisse tout seul.

Mais quand je vois les spaghettis arriver avec la sauce tomate, mon cœur se serre. C'est trop, je n'ai plus faim. Il y a beaucoup de bruit autour de moi. J'ai le vertige. Je fais semblant d'avoir mal au ventre. La dame est gentille.

Plus tard, je serai maîtresse moi aussi. Je l'ai dit à maman, elle est contente. Je serai plus sage qu'elle. J'allumerai la lumière et la machine à laver. Il y aura une télé dans chaque pièce et du chauffage partout.

Mais il faut que je grandisse encore. Et que j'apprenne à sourire. Pour ne pas faire peur aux enfants.

Aujourd'hui, je reste à la maison. Kevin joue à côté. Il est sage. Maman est partie faire des courses. Je veux apprendre à sourire. C'est difficile. Il faut pousser la chaise contre l'évier, sans rien bousculer, sans rien casser, poser le gros livre de cuisine. Un pied sur le barreau puis le genou tout en haut, hop, je m'installe devant le miroir ! Kevin a la bouche ouverte. Quand il est comme ça, maman dit qu'il pourrait avaler sa tête.

Mes lèvres sont trop petites. On dirait que je pleure. C'est quand même pas de naissance ! Et puis je suis coiffée de travers.
Je prends un peigne, ça ne va pas. À cause des nœuds.
Le sourire, laisse tomber, c'est comme la soupe, ma bouche n'en veut pas !

Maman a trop de choses à faire. Elle n'a plus le temps de me brosser. Laver le linge à la main, c'est plus long. Pareil pour le repas. Il n'y a que deux ronds sur le gaz. On ne peut pas faire bouillir l'eau des pâtes et l'eau de la lessive en même temps, c'est trop petit.

Voilà, je tire un peu sur mes lèvres, avec mes doigts : ça ne tient pas. Même avec du scotch.
On a appris un truc pour la photo d'école. Tous ensemble on crie : ouistiti ! Même la maîtresse !
Là encore, ça ne me plaît pas : c'est bête, ça ne fait pas naturel.

J'ai du mal à me concentrer. Papa me manque. Quand j'ai mal au ventre, il sait me faire rire, lui. Il me prend sur ses épaules. Ou me fait des chatouilles.

On se déguise tous les deux, lui en maman, et moi en papa. Kevin et les souris n'en reviennent pas !

J'aime bien rester dans ma chambre. Je parle à mon petit frère. Je regarde un livre. Mais après c'est trois fois pire, mon visage est encore plus sérieux.

Mon jeu préféré : la fenêtre. Je colle ma joue, c'est froid. Sur la buée, je dessine des chats.
Celui du voisin s'appelle Chouchou et marche sur trois pattes. À cause d'une voiture. Ça ne le gêne pas pour croquer des moineaux. Il est si maigre : je ne lui en veux pas !

Chut, maman arrive ! Je ne sais pas ce qui lui prend, elle est toute bizarre. Il n'y a rien dans son panier. Elle a les yeux rouges, et en même temps elle rit.

Pas eu le temps de faire les courses ! dit-elle essoufflée. À la poste, j'ai téléphoné à papa : il s'est fait embaucher ! Incroyable, il a trouvé du travail par ici, et pour un mois ! C'est grâce à la voisine !
Elle est heureuse. Elle nous serre trop fort et nous embrasse partout. Kevin s'essuie les joues.

Nénette en a profité pour voler un bout de pain !
Maman a lancé sa pantoufle sur le piège, clac, qui s'est refermé : le talon est resté coincé. Pas Nénette. Coup de chance !

Me croirez-vous ? Il y a eu un troisième miracle ce jour-là.
Dans le miroir, en plein milieu : un beau, un vrai sourire ! Jusque dans mes yeux !

La voiture bleue est revenue. Les hommes d'EDF étaient plus souriants. La maison maintenant brille comme un sapin de Noël. C'est bon, pour une fois, dit maman : on a tout allumé.

Il y a un mois, ils ont frappé à la porte. Tous les voisins étaient dehors. Maman était en colère : elle nous a enfermés dans la chambre. Puis elle a crié très fort. J'ai serré Kevin dans mes bras, en lui bouchant les oreilles. Quand elle est venue nous rechercher, maman a fait comme si de rien. Les hommes à la voiture bleue étaient repartis avec la lumière.
Ils n'ont pas pris la lampe de poche.

On va fêter le nouveau métier de papa. Il est cariste dans une usine de carton à Denain. Il transporte des palettes avec un engin.
Ça tombe bien parce que c'est aussi mon anniversaire. J'ai six ans.

Je ne sais pas où l'on va. C'est une surprise. On est montés tous les quatre dans la Renault 5.
Trouver du travail, c'est bien. Mais se promener en voiture, c'est mieux !

L'autoroute, la voie rapide.
Sortie : Petite Forêt. Le parking.
Il y a beaucoup de monde le samedi : difficile de trouver une place pour se garer. Les gens font la queue.

Mais ça y est, j'ai compris. Je sais où l'on est !
C'est la fête aujourd'hui : papa, maman, Kevin et moi, on va manger au Flunch !

Kevin met ses doigts dans les assiettes. Aujourd'hui, c'est pas grave, papa et maman rigolent. Et puis toutes les lumières s'éteignent. Un monsieur en cravate rouge à pois bleus apporte un énorme gâteau à la cerise et au chocolat, offert par la maison.

Tout le monde chante : *Joyeux anniversaire !* Même les gens de la table voisine. Je fais un vœu, chut, c'est un secret, et je souffle les six bougies, de toutes mes forces.

Gagné ! J'ai le droit à la plus grosse part mais je n'ai plus très faim et je la donne à Kevin qui a d'énormes moustaches à la chantilly.
Le monsieur à la cravate rouge à pois bleus nous photographie. Le flash m'éblouit.

Maman me montre l'image qui est toute grise au début. Puis j'apparais doucement comme un fantôme.

Ça y est, mon vœu s'est réalisé ! Papa, maman, Kevin et moi, on a le même sourire. Sans tricher, sans crier ouistiti ! Un grand soleil au milieu de la figure !

Mais pourquoi on a les yeux rouges ? »